Carlos Nejar

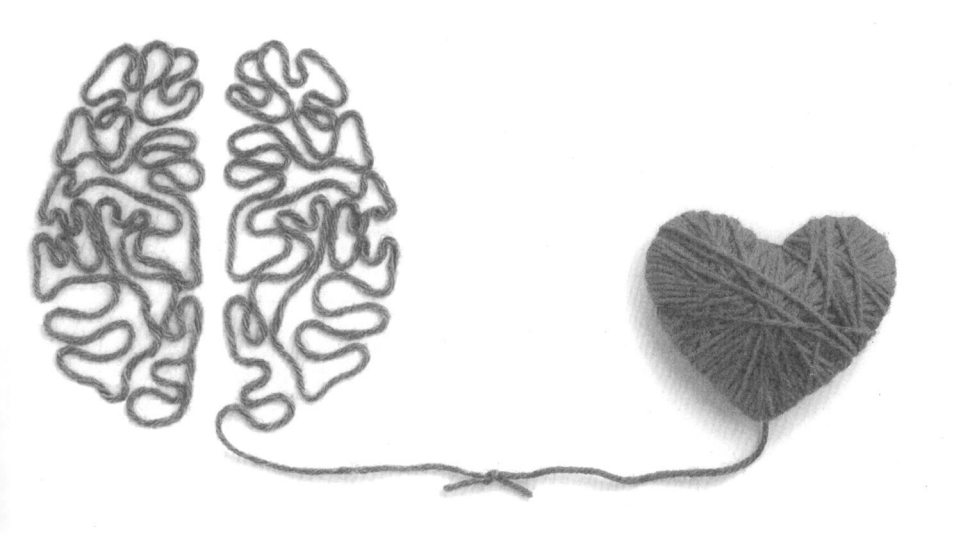

ACONTECERÁ DE *muito* ACONTECER

Editora AGE

PORTO ALEGRE, 2023

© Carlos Nejar, 2023

Capa:
Nathalia Real,
utilizando imagem de Shutterstock/TanyaJoy

Diagramação:
Júlia Seixas

Supervisão editorial:
Paulo Flávio Ledur

Editoração eletrônica:
Ledur Serviços Editoriais Ltda.

CIP-BRASIL. CATALOGAÇÃO NA PUBLICAÇÃO
SINDICATO NACIONAL DOS EDITORES DE LIVROS, RJ

N339a

Nejar, Carlos
 Acontecerá de muito acontecer / Carlos Nejar. – 1. ed. – Porto Alegre [RS] : AGE, 2023.
 56 p. ; 14x21 cm.

 ISBN 978-65-5863-204-7
 ISBN E-BOOK 978-65-5863-202-3

 1. Romance brasileiro. I. Título

 23-84060   CDD: 869.3
              CDU: 82-93(81)

Gabriela Faray Ferreira Lopes – Bibliotecária – CRB-7/6643

Reservados todos os direitos de publicação à
LEDUR SERVIÇOS EDITORIAIS LTDA.
editoraage@editoraage.com.br
Rua Valparaíso, 285 – Bairro Jardim Botânico
90690-300 – Porto Alegre, RS, Brasil
Fone: (51) 3223-9385 | Whats: (51) 99151-0311
vendas@editoraage.com.br
www.editoraage.com.br

Impresso no Brasil / Printed in Brazil

Ao Deus vivo, Amigo de Abrahão
e meu Amigo, que fendeu o mar,
onde passamos, a seco.

E o mar fendeste perante eles e passaram pelo meio do mar.
NEEMIAS, 9:10.

Os animais corriam e formavam à semelhança de relâmpagos.
EZEQUIEL 1:14.

O acaso se inventa.
LONGINUS.

Dar em poeta é, dizem, a moléstia incurável e contagiosa.
MIGUEL DE CERVANTES SAAVEDRA.

Saber repartir as coisas é sabê-las gozar.
BALTASAR GRACIÁN.

Só alcança o sagrado, quem o tem dentro de si.
F. HÖLDERLIN.

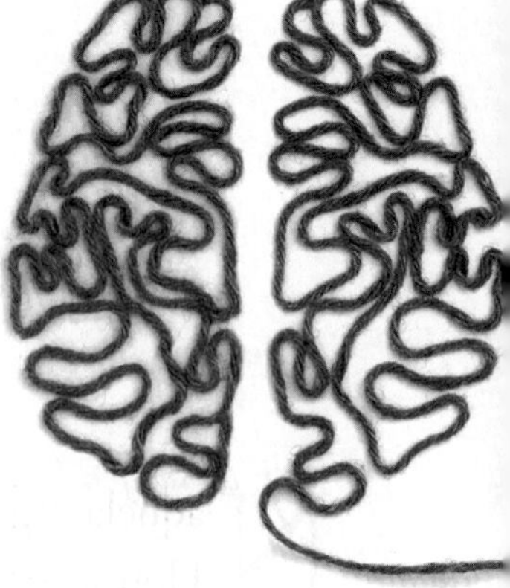

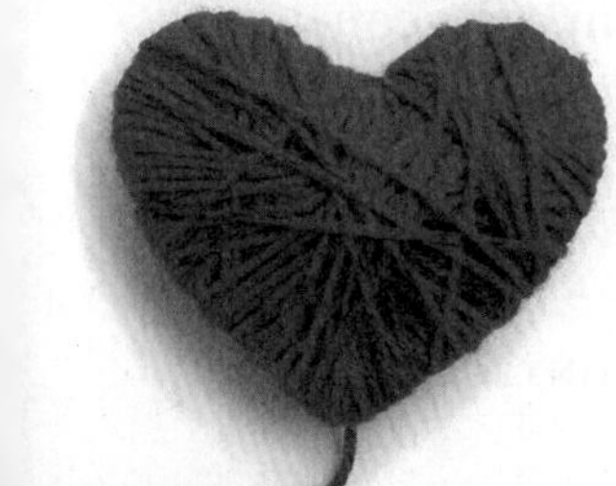

Naquela região que parece isolada, em Pedra das Flores, ocorreu estranha enfermidade, abatendo os jovens na cegueira. Não havia remédios que a curassem.

E o mais curioso é que a doença não atingiu as crianças e os velhos. Como se estivessem protegidos ou vacinados na própria natureza contra o mal.

E o que era inesperado e miraculoso, é que os jovens que voltavam a ver, principiavam a envelhecer, como se fosse a semente da juventude a precipitação do desastre. Ou talvez ocorresse uma condenação no tempo, ou severa prescrição da sorte.

Assim, a juventude era atacada pela falta de visão, que se reduzia em totalidade ao envelhar.

É verdade que alguns jovens chegaram a amar a própria cegueira, como se tivessem outros olhos que viam. Ou tinham que roer um osso ou desenterrá-lo. Ou de novo tentar roer até o extremo de alguma treva se acordar.

Alguns idosos, que a isso contemplavam, não conseguiam entender como os jovens podiam amar a própria ceguez. Desconfiavam da existência de algum enigma que se agregava neles, aprendendo a enxergar no escuro, como em avesso de razão, por onde raciocinasse a claridade. Ou talvez houvesse o segredo de os jovens cegos, achando a palavra, passassem a ver magicamente por ela.

E até os infortúnios têm no recesso a súbita invenção do desconhecido, mesmo que tombem duas vezes no mesmo lugar, trovão de noites, folhas ou chãos.

E registro, eu que narro, o fato de os jovens nada verem sem os olhos, ainda que outros sentidos se apurem e alarguem. Mas se pusessem, astutamente, palavras nos olhos, seriam as palavras que veriam. E os olhos serviam a palavra.

Todavia, verifiquei como os cegos, diante da dificuldade, pareciam sobrar na comunidade humana, quando as trevas não raciocinam, sucedendo exatamente o contrário com a claridade, que raciocina de instantes.

Era como se os jovens cegos entrassem dentro do espelho. Mas o espelho vê, o espelho é palavra.

E se pareço velho a alguém, não o sou nos olhos. Não me perco na volta do mar, subindo pela dor de estar vivo.

E os jovens lutarão contra a dita cegueira até que ela morra. E se iam curando de palavra, curando amor na palavra, em elo se afeiçoando, acabando juntos com a cegueira, seja por palavra nas pupilas, seja pela experiência de arrostar a escuridão, ao revogá-la. Tudo vinha pela estremecida sensatez.

Mas a visão dos velhos em Pedra das Flores era tão ditosa, que contemplavam o ignoto, com capacidade olímpica de profetas. Livres da doença, agora com as palavras, iam bem além dos acontecidos. Sem possibilidade dos naufrágios.

E conheci um lutador e espadachim, leitor inveterado, Zatói Duarte, dono de um clube de atletismo no centro da cidade.

Baixo, firme de músculos, tronco robusto, olhos estranhos e azuis. Era apaixonado pelos livros de cavalaria, como Amadis de Gaula, Mio Cid, Rolando da França, ou D. Quixote de la Mancha, como admirava o outro Quixote, de Pedra das Flores, Noe Matusalém e seu Sancho, o cão Crisóstomo.

E tinha que catar um amor na vizinha Milane, de tranças, olhos muito negros, cabelos escuros. Formosa de corpo, mediana. Zatói sabia que "cavaleiro andante sem amores era árvore sem folhas". E mesmo bem andante, tinha o hábito de carregar uma bengala. Se batia no chão, tornava-se espada, sua Durindana. Era usada, na defesa, em tática guerreira. Temido pela coragem, cortejava Milane, levando-a nos bailes da redondeza, dançando noite inteira, abraçados. Como a canção: "Nunca fora cavaleiro/ de damas tão bem servido, /Como fora D. Quixote/ quando de sua aldeia vinha/".

Contam que Zatói Duarte teve descomunal batalha com odres de vinho. Ocorreu numa taberna. Ao estreitar contra o peito, tão fortemente, sua dama Milane, ele se desequilibrou, batendo sozinho nos odres de vinho tinto, junto ao canto, estando a sala cheia de gente. Os odres e Duarte rolaram e se derramaram, saltando vinho e sujando alguns. É verdade que no choque Duarte arredou, rápido, Milane, suportando a vinhosa tintura na roupa e na cara. E ao se ver em luta, a bengala no ladrilho pulou, como serpente que dá o bote e se estira com um grito de trovão. E diferente do cajado de Moisés, de uma cobra engolindo a outra, acabou por parar inerte, como arado sem cavalo.

Zatói Duarte pagou o dano ao proprietário da taberna e saiu de alma derramada em Milena.

E eu narro quanto o vinho do amor é longo nas brasas, horas. Embriagável.

Entretanto, o que se sabe não sabe – dizia Pedro Nau, agricultor e cultivador de flores, que se pareciam inventar nele por instinto. Mas o que se sabe não se inventa de novo. Como milagre, não se repete.

E eu, que vou relatando, observo que não há milagre na morte e ainda quer editar obras completas e provar quanto é boa.

A cegueira é mais da consciência que dos sonhos. Ou talvez os sonhos é que sejam cegos. O que era oculto na cegueira dos jovens na região, como fogo nos gravetos da noite, veio à luz, bem maior que os olhos. Pois com palavra já não havia cegueira alguma. E todos precisavam da palavra, para chegarem mais longe ainda.

O pesquisador Pery Grand achou que a origem da doença dos jovens era algum inseto inominado. E viu, assombrado, que a cegueira de vários jovens era de fora para dentro e de outros, como a mais feroz enfermidade, era democraticamente de dentro para fora. Tal se os olhos aprumassem escura ou bizarra ótica. Aos primeiros bastava colocar a palavra sobre os olhos e, noutro caso, precisavam pôr a palavra no coração, dando então olhos vigilantes, sapientes.

Havia de mudar a correnteza de ver para a foz e ao repuxo silente das pálpebras.

O mundo conjuga o que não sabe com o que sabe. E o mundo, vendo sem palavra, principiava a enlouquecer. Só a palavra impedia a loucura mansa que se alçava das pernas para o estômago voraz. E sem ela os velhos tropeçavam, coxeavam.

E o problema não era mais dos olhos, mas das mentes, que obscureciam ou se desequilibravam, e nem raciocinar resolvia, como se caíssem os andaimes do pensamento.

Ou era outra espécie de cegueira, a que roía a capacidade de pensar e sonhar, transparecendo demência nos mínimos gestos.

O que se sabe não se sabe – afirmava Pedro Nau. Porque a loucura se inventava. Não tinha olhos, mas era cega no meio do povo. Agora não separava idosos, ou jovens; ocupava como erva ao bosque. E não se harmonizavam nas fábricas, nas empresas nem nos lares. Tal se um vento tivesse soprado virulento ou entrasse pelas costas. E foi dizimando a cívica normalidade da república, e nem as máscaras serviam. Sem haver descoberta dos motivos de tal aparecimento. Mas, estranhamente, mantinham-se intocáveis apenas alguns felizes ou coroados de alegria.

No mais, atingia essa loucura os casais atordoados, que se apartavam sem rumo. Ou amigos que se dividiam por nadas, ou amantes que se repudiavam. E até mesmo políticos que saíam de partidos sem raciocinar, como se a ebriez absoluta os absorvesse. Não havia mais verossimilhança no visível. Ou melhor, a loucura vazava no ar. E até aves que voavam, enlouqueciam. Cães e gatos nas famílias, excitados em contendas, também enlouqueciam.

Consta ter havido discórdia entre os Chefes do Senado e da Câmara, e ambos nem precisaram endoidar; se acabaram à bala em praça pública.

Soube que o Hospital de Clínica Mental ficou abarrotado em Pedra das Flores. Indo pacientes para a vizinha Riopampa, com mais condições de tratamento. E angustiado, vou descrevendo esses infaustos ocorridos, com medo de ser atropelado ou submetido a eles. Ainda que me sinta lúcido, mas mesmo a lucidez pode estar gripada, ou avariada. Igual ao ataque de febre, que atravessa, como vara, de lado a outro, do abismo. Raciocinar é ir respirando o plasma do universo incriado.

Não me importa quantos instantes têm o abismo, ou quantos instantes raciocinam em nós. E não tenho medo de me escorrer a aurora, não quero que a aurora me escorra de medo.

Tudo se reforma de silêncio, até por debaixo das escadas ou das pernas do cavalo. Apraz atravessar o perigo, se atravessado de luz, como de um rio, no talvegue. O amor às vezes deixa goteiras na alma, como a dos telhados.

O que não registrei foi outro processo de obsessiva cegueira de alguns velhos de Pedra das Flores, o de adentrarem na floresta, como se ali se amoitasse a infância, e se abraçarem às árvores, apertando o rugoso tronco ao peito. E o fundo carnoso dos sonhos, todos palpitando, até os cimos sentirem a mesma seiva do coração. E todas as gerações de árvores e folhas. Mas a loucura se mostrava igual à dos pássaros no ninho. E a infância voava devagar pelo tronco das árvores. E tudo é tempo, mesmo o que não existe. Porque os que amam como um rio, não sabem esquecer.

E a mocidade, depois da crise dos olhos, passou a erguer a bandeira de nova civilização, buscando o que aproximava um e outro, os interesses que se acumpliciam na arrumação do caos. Sabiam que não avançariam sem dar-se as mãos. Como ao céu não carece de se ver, bastando que exista.

É também verdade que parte do povo tinha visões. Contemplava nas ruas de Pedra das Flores, durante a noite, vultos ou almas nos corpos de alguns viventes, como se saíssem para fora, e se expunham. Eram tão refulgentes, que assombravam ou traziam pânico, não havendo então cegueira alguma no mistério.

Mas Verena Silva, a filósofa, formosa dama, alegava, com seus grandes olhos na morenice, que as almas eram estrangeiras, não o corpo. Porque o corpo não tinha certeza dos centímetros finais, sob a terra. Só a alma era bem-aventurada, apesar de todas as aventuranças terem nascimento sem data, a da morte. E se um dia os corpos serão defuntos, a alma não. Portanto, os que viam almas, viam a Eternidade se encantar.

Só Deus não se encanta imóvel, móvel e definitivo. O que apenas é possível noutra vida é de as almas se verem entre si, incorruptíveis. E o sagrado é o começo do imaginado. Igual à paisagem vista de um trem em movimento quando a estação é destino.

Mas o corpo guardava a estupidez de não contemplar os lentos ossos da alma.

Inacabado e corroído silêncio é a penúria. Mas não se deixa de nomear o sulco, o desenho no chão do pé humano.

Porém, em Pedra das Flores houve um lapso do inverno, a impressão de que se evaporava a morte. Quando até os pés de água caíam na luz. Ou porque não se acham humanos, ao tropeçarem nos troncos ou pedras, cambaleantes. Mas sonhando, não se desaparece. Nem a morte se converte de sonho em água.

Depois, diante da voracidade da vida, a voracidade dos dias e noites, o povo padeceu deficiência de alma. E é curioso como a alma não sofre deficiência do corpo, distante e insaciada.

O que muda, não descansa, como no círculo, o desejo. Igual ao povo, que de amar não descansa.

E ouço o ruído das gerações, o ruído de Deus. O vagaroso ruído de rodas e da Eternidade de Deus. Sim, uma porção de viventes buscava a Deus num templo de pedra, com pureza que se despetalava em água do

Espírito. E nessa comunidade de homens, mulheres e crianças, havia pessoas simples, rudes e alguns eruditos. Porque Deus não é propriedade de classe alguma, ou sistema de cima para baixo, com política sob pretexto divino.

Não é possível evangelizar batendo, como em pregos, martelo, contra a filosofia, a teologia, a ciência e a arte, sem possibilidade de defesa. Quando os filhos desses que assim agem estão nas melhores universidades. Por que tem de ser o povo analfabeto de saber e alma?

Sim, o martelo que pregou o corpo nas mãos do Filho do Homem no madeiro é o mesmo com que batem, batem nos que Nele creem. Mas o que não se entende é amor.

A cultura é adubo, segundo o Apóstolo dos Gentios, Paulo de Tarso. E há terras que apenas com adubo geram flores, germinando neles a revelada Palavra. E tudo soma a favor dos que creem, salvo a ignorância, a brutalidade, que jamais serão sinônimos da obra de Deus, que é o livre mover do Espírito sobre as águas de preconceitos ou arbítrios.

O ruído de Deus aumenta e se escuta o bater na porta. Deus não é sozinho. Nunca será. Deus não derruba a porta, é A Porta. E nossa humana alma precisa se encher de Deus, da superfície ao fundo. E se abrirá o mar; a penha terá água.

Sim, aquela comunidade de Pedra das Flores, no templo todo feito de pedras, fora, e as escolhidas, dentro, segundo o Mestre de Obras, sendo a pedra desprezada, de esquina.

Crescia a comunidade e até nos cardos nasciam rosas e das pedras, flores. Depois árvores ou a divina floresta dos frutos no Espírito.

Foi no meio desse povo, na comunidade, que surgiu Zaqueu Peregrino, ferreiro e louco de Deus. Parecia ter olhos de lâmpada, sobrancelhas espessas, rosto com pele fina, clárida. Fala paciente e firme, com alguns pássaros ocultos na voz, como se fosse livre em fluir.

Não se sustinha com a razão, mas com fé ancestral, invencível. E tinha na mão palavra. Dizia no acontecido e ia acontecer. Ou até desacontecer. Como fonte manando na encosta dos passos. Deus doía muito.

E o que podia ser de animal nele se humanizara, economizando luz.

Mas Zaqueu era doido de Deus, por saber quanto atordoava o amor. Como na noite o rolar das estrelas. O que se abrandava, aquecia. O amor, o amor, abraçando os seres. Não aceitava os monárquicos sistemas a custo do sagrado, salvo o das celestes esferas, inalcançável. E o que Zaqueu profetizava, acontecia.

E se a comunidade suscitava conjeturas, a doutrina era a do Livro do Caminho, e o que rastreava política e domínio familiar, se dissolvia na vinculação fraterna dos integrantes, com ajuda aos mais pobres.

Zaqueu Peregrino comunicava sua febre com o gotejar de perpétuo paraíso. E se perguntava com Jó: "Que é o mortal para que assim o engrandeças? E Zaqueu desesperava de si, por esperar em Deus.

O tempo não é contável na luz nem a luz no tempo, apesar da assistência da noite. E de todas as noites no desequilibrado amor. Como as funduras nos chamam, os ciclos são buracos na água. A língua do Espírito não cochila, mesmo quando se expande. E Deus doía muito. Sim, Deus doía muito na luz, e a luz vazava de sono.

Curiosa era a forma como Zaqueu Peregrino sofria surda hostilidade de alguns dignatários de Pedra das Flores e da própria comunidade. A inveja espiritual, que é a mais extrema. E Zaqueu às vezes não possuía pousada certa. Mas Deus pousava no seu mistério, que até sofria cãibras no andar. Mas não se pode parar dentro da luz. E a luz cirze a razão, para se abotoarem os sonhos. Deus doía nos sonhos.

Zaqueu Peregrino nasceu com encargo de árvore. Eu vi. E se interrompo, é com a presença do agricultor, Pedro Nau. Criava um pomar de uvas, trigo, arroz, tomates, alfaces e frutos. Tinha vocação de viagens nas plantas e ventas do monte. Até os olhos verdejavam.

Pedro Nau se afeiçoara a Zaqueu Peregrino, à sua ventada loucura. E se acharam diante do Camarada Mar, onde às vezes era visto, com cajado de ondas, o famoso Matusalém de Flores. Andarilhava, avantajado, descalço. Duas tartarugas ambulavam ao sol, nas pedras, e ele, de horizonte. Rente, num ramo de água apareceu uma gaivota sonâmbula. E foi Pedro que falou:

— A gaivota nos observa. Parece espiar-nos.

— Sim — respondeu Zaqueu, cismante. O céu também é uma gaivota, bem maior, e voa.

— Como seria bom se voássemos! Mas estou plantado, como o meu pomar — disse Pedro. Nau me veleja em sonho.

— Deus voa em nós. Vejo a sarça ardente, e o Camarada Oceano retirou as sandálias, o sagrado solo do horizonte.

— Vês o que não vejo. Talvez seja gaivota o céu na árvore.

— Todos os céus são árvores. E as nuvens estão cheias de céus.

E viram o Camarada Mar sorrindo e atrás de seu sombros, o engenhoso e lúcido Matusalém.

Pedro e Zaqueu se abraçaram. Perto, na areia, mínima aldeia de formigas palpitava no instante, junto a seixos.

Todos os céus são árvores — ficou pensando Zaqueu, como se carregasse nuvens de almas.

Pedro Nau seguiu por outra trilha.

E quantas vezes se morre para nascer?

Longe o Camarada Mar acenava. A luz não mata. Eu, que relato, ia segurando a palavra, e ela girava entre rodas. Nada desanimava de Deus.

Zaqueu Peregino vagando pelas ruas de Pedra das Flores era tomado de amor, e amor pesava nele, ou, como indefeso, Deus ama a criatura. Zaqueu chorava, não prendia água dos olhos. Cristalina caía. E de andar corria água como fonte, água da rocha.

De repente, Zaqueu, o louco de Deus, viu-se perante um ser inesperado – não era um Anjo, mas o Dr. Fúlgido Vilarim. Magistrado de causas cíveis, conhecidamente autoritário, olhos negros com sobrancelhas delicadas. Pareciam asas de andorinhas. A fala dura, áspera. Ambos se conheciam por amigos comuns e um tanto de ouvir dizer.

Mas o dizer dos ouvidos não é o dizer da fala. E Pedra das Flores também tinha a sonante pedra da memória.

A primeira palavra veio de Fúlgido, ou de Dom Fúlgido para os obsequiosos assessores.

– Zaqueu Peregrino, já és meu conhecido!

– Honra para mim, magistrado, e eu, pobre vivente de Deus.

– Soube que és profeta e me foi dito que eras perigoso. Mas não creio. Respeito muito isso.

— Perigoso é Deus, eu jamais de jamais. Estou pacificado.

Dr. Fúlgido concordou com a cabeça e sorriu. Podia-se ver os dentes brancos, polidos.

— O que tenho é palavra — retrucou Zaqueu.

— Tens muito, então é o mundo. Habito entre leis e códigos, sentenças, pareceres. Nada passa de artigos, parágrafos, processos.

— Com a diferença, nobre magistrado, de que no que referiu está o homem e no que creio, é Deus atrás e dentro da palavra. O profano diante do sagrado.

Dr. Fúlgido, que se mostrara antes severo, pétreo, sentiu o rosto se amenizar e, na leveza, perder peso.

E exclamou:

— Amor é ouro dentro, os quilates da alma. Preservas isso contigo. Também quero conhecer!

— Nada tenho. O que me vem não é meu — respondeu Zaqueu, humilde. Vem dos Absolutos. Nem a palavra é minha!

— Entendo e preciso entender ainda melhor. Onde trabalho, dou ordens e obedecem. Mas não tenho na mão palavra.

— Ela se revela em Deus.

— Como?

— Palavra dita na fé principia a crescer. De lâmpada e sol. Não falta lume. *O Livro do Caminho!*

— Eu o leio.
— É preciso deixar que também o leia, magistrado. Consulta-o na fé, e o que sopra de palavra é Espírito. Comemos palavra.
— E ela nos descobre, entra pelo sangue.
— Sim, onde se põe amor, amor jorra.
— E o Paraíso?
— Começa.

Ao se despedirem, agora Amigos, Zaqueu Peregrino percebeu que não apenas Deus doía. Tudo era Deus.

Verena Lúcia, a filósofa, reapareceu na noite brilhando; não queria ficar sozinha de pensamentos, como se fosse um novo estado estelar, ou é quando alguém chega ao centro da infância.

E devo falar mais de Verena. Nasceu em Riopampa, formou-se na sua Universidade com o renomado pensador Ricardo Valerius, que defendia *A Razão do Delírio Criador*. E ela própria experimentava no escandir do verbo esse delírio, ou êxtase, sem receio de existir.

O que parece confortável a alguns, a aborreceu com a ocorrência de possível felicidade.

Quando Verena Lúcia se descobriu tolerante com nossa comum espécie, foi tal se todas as suas moléculas se distraíssem de amor. E como ela sabe como terminará sua história, devo dizer que conheceu Emanuel

Ligard, francês naturalizado. E o sibilino francês se tornou idioma de amor. Mas no corpo amor não tem idioma certo quando o instinto é poliglota.

Ninguém esquece alma no corpo, quando a alma frequentemente esquece o corpo. E no amor, a floresta vai trocando de árvores com vertical e undosa seiva. Mas o francês não salvou aquela união entre Verena e Emanuel. De um lado a lógica e de outro, a dúbia e varonil superioridade, sendo traída a semente no fruto. Emanuel acabou retornando a Paris.

Mas foi aí que Verena Lúcia se encantou com o afrodescendente, pele de ébano, médico, Espiridião Toves. Era tamanha a conexão entre ambos, que Verena, no fervor e na nudez dos corpos, reparou que lhe acontecia a dilatada cintilância dos amantes, como se revoassem em chamas sobre o leito. À tona da pele com os sonhos. E sem desconfiarem, o amor lhes aconteceu sem tardança ou licença. Sim, quando amor vem, quer ocupar o mundo. Como as abelhas ocupam as flores. E favos são fabricados pelo mel.

O que hiberna é da luz, mas ela não consegue jamais no esplendor hibernar em si mesma.

Mas Zaqueu Peregrino obstinadamente planava em Deus. Contudo, a realidade precisa de réus que a culpem ou de sóis que se desmanchem.

O que salvava na fé, Verena, é de não sair mais da infância. Com alegria de não temer o impossível.

Mas Verena, ainda que amasse seu novo companheiro Espiridião, conheceu o veneno, que é cunhado próximo da insanidade, que nunca prescreve, quando prescreve o crime, ou seja o preconceito contra divorciados. É tão cotidiano e parece renovável, inoculado por bífido ou intrigoso dente, em instituições, geralmente divinatórias, talvez de raça superior, perenemente. Benditas as exceções. Recordando Fernando Pessoa: "Ó deuses, meus irmãos!" Mas Verena superava no sorriso o ridículo humano, e o sorriso não bebe água no atraso. Mas evitava olhar demais para a serpente, que, se não fosse encantada, morderia. Mas viu que, ao preparar o salto, encantou-se. E pedra não podia mais ser jogada. Pensando quanto a humanidade vai voltando à pétrea caverna, e as sombras, ó Platão, nos entrecruzam.

Mas Pedro Nau, agrícola de medos e frutos, amava o impossível; às vezes só amava o que não reparava de acontecer, por já estar acontecendo.

E eu, que narro, digo que aconteceu. Fui destinado, apesar da névoa. Nascido de mim e largado de volta às palavras. Mastigo a sintaxe ou a fala das vogais nuvens, para que chova.

Empurra-se a semente, até amanhecer.

E Zaqueu Peregrino amanhecia, orando; sim, tinha sementes de Deus na língua quando pegava a palavra e o fonema da noite fechava, como se numa caixa.

E Pedra das Flores ficou bela, agitada, com os períodos de repouso nos canteiros e eitos do Camarada Mar, sendo a medida desejada por gerações.

Mas me intrometo, contando a ordem e o progresso do agricultor Pedro Nau. Conseguiu vender os seus produtos com presteza e aparecimento de compradores fiéis.

Quando descobriu um açougue, Pedro ficou cliente de costela de boi e linguiça. E ali, nas andanças, encontrou Irene Jardim, afeita às compras no açougue, com apetite carnívoro.

Deram-se bem os dois, saíram conversando e carregando sua porção, que podia ser terrestre, como se tivessem ido a uma caçada no paraíso.

E o paraíso era muito perto, Tanto que se amaram, tendo o gozo e pouso do Arco-Íris. Com aventureiro sono. Ou viajaram à Ursa-Maior, ou Andrômeda. Sim, o amor é avisado escândalo e transporta a remotas constelações e planetas. Só o que crê, sabe.

Ninguém chega ao caroço sem o fruto.

Mas até quando a palavra somos nós, ou é apenas torrente na cascata?

Porém, tanto Zaqueu quanto Verena adivinhavam a palavra; ela sempre voltava para casa. E torna, mesmo pródiga, com o Pai na curva do sonho, abraçando.

E eu, que relato, aguardo o inesperado, aguardo o abrir-se da rocha ou ao mar, quando impossível é o real, não o imaginado. O que vejo, me desvenda. Já fabriquei meu tempo, agora espero que o tempo me fabrique. Mesmo que não haja paz no amor, ou ele esteja encolhido em caverna.

Eu me entrego ao impossível e deixo este possível, de estragados sapatos, ou invisível. Por amar as crianças e os loucos. Não estranhem: sou do ramo.

Mas Zaqueu Peregrino não lograva respirar sem que Deus doesse nele. O que doía, parecia ser de recessas feridas no lado esquerdo e nas mãos.

Vou suspender o texto, preocupado com Irene e Pedro Nau, sendo ela acometida da mesma cegueira que atacou, anos antes, os jovens de Pedra das Flores. Pedro Nau achou de cuidá-la. E descobriu que havia o poderio da palavra, bastando colocá-la nos olhos da amada. E assim fez. Irene foi, aos poucos, melhorando. E voltou ao que era, ditosa. Se a dor quer ver, só a palavra ajuda a ver na dor.

Jessé Batista era corpulento, lento de voz, olhos cordeiros, aloirado e afeito ao comércio de relógios, changas no centro, com tenda em lugar estratégico e bem visitada por clientes ou eventuais turistas.

Uma noite se emocionou com a traição de um dito amigo, o Iago Shell. Ao se indignar, veio-lhe forte dor na coluna, e a perna direita passou a incomodar. Ele não entendeu: a perna tinha que lhe obedecer, mas era claudicante. Nem fisioterapia, nem a medicina dos remédios adiantou.

Jessé Batista, indignado, agrediu a perna desobediente ou rebelde e a chamou de "apóstata". Termo já gasto, título que pode ser dos que abominam um sistema imperfeito, que amarra a verdade. Mas foi exagerado, Jessé ficou irado com a atitude irracional da perna. Mas Jessé se incumbia bem na fé, que se revela de palavra em Deus.

E teve, essa perna direita, a mesma sina da luta contra o Anjo de Jacó. Todavia, contra o dono, a doída perna começou a falar em tom inóspito, repreendendo a Jessé, que assistiu, atônito, semelhante à mula de Balaão ao profeta.

E foi assim que o comerciante se apercebeu de que o universo estava todo em redemoinho, sinuosa surpresa. Devia quedar-se humilde diante dele.

Mas calou por dentro tudo, porque o Espírito cansa mais do que o corpo.

Entretanto, a sorte lhe foi preciosa. Recebeu de presente, de uma ilustre figura de Pedra das Flores, amigo de infância, jurista eminente, escondido escritor, o Desembargador Luciano Saldanha, uma benemérita bengala, que passou a denominar de cajado à

Moisés, capaz de abrir o Oceano. Ou espada no fio de palavra.

E a perna ficou mais sensata, estendendo a mesma sensatez às pernas do universo. Porque, como dizia Borges, reconhecido autor, "um homem é todos os homens". Como inscrição no dorso da memória. E todas as memórias como pedras caem no mesmo rio. Deus voa em Deus e só sei narrar o que não sei e me ultrapassa.

Everaldo Dias era proprietário de um cavalo, que chamava de Alarino. Puxava sua carroça. Mas a penúria lhe trouxe um golpe de fome, em casa e na família. Vendeu seu cavalo, que era fidalgo, fiel, e se aborreceu, inditoso com o fato que se lembrava nele.

Após a crise, quis adquirir outro animal, mas não encontrou substituto digno de Alarino. Resolveu comprar um burro, que apelidou de Nicolau. Robusto, esforçado. E se achou tão perto dele, que desanimou da sorte e quis mudar de natureza, decidindo ser burro, desatrelando o animal que adquirira no estábulo.

Não, não desejou mais ser homem, e se tornou burro, dando-se a estranha metamorfose. E o burro Nicolau, brioso, quis ser homem. Mais. Alçou-se à imponência de novo legislador da República, especializado em leis. Porque a inteligência é mesclável ou se derrama incontrolável pelas espécies.

Everaldo Dias gostou de ser burro, gostou até do cheiro de grama e feno, sem os deveres familiares ou trabalhistas. Foi como se afamiliou novamente em seu fraternal convívio com o fidoso cavalo Alarino.

Nenhum pesquisador, por mais lúcido, logrou a fraternidade universal entre burro e cavalo como Everaldo e Alarino, por sinal ignorada ou pouco imitada pela quase onipotência humana, quando os símbolos costumam se acostar no desconhecido.

E ocorreu um fato lamentável. Margarida, a capivara, que habitava numa lagoa de Pedra das Flores, foi morta a pedradas.

Um conhecido biólogo, Prof. Moscatelli, afirmou que há outras capivaras mortas nos limites de Assombro, no rio Tonho (ou Sonho), com o conhecimento do fato de terem sido alvos de caçadores com cães.

Mas, eu, que relato, me perturbei com essa maldade com a capivara Margarida, que talvez seja uma réstia da flutuante ternura humana. Sobrou o viúvo e companheiro capivara, doído da perda.

Helena Sostine era poeta. Confundia suas memórias, como se, à margem das páginas, fôssemos escrevendo nomes, símbolos, imagens.

Sustine deixou levar-se de amor nos versos, que eram animais aterrorizados diante da entidade belicosa dos sonhos, pondo seus focinhos em metáforas.

E as memórias depois foram maçãs que amadureciam, tombando todas da mesma árvore. Ou em torno da macieira do paraíso.

Todavia, a poeta Helena Sustin foi envelhecendo na garrafa dos signos. E se viu devorada pelas imagens. Até que, igual a caroço na fruta, dormiu sozinha dentro dela.

Devo nomear o novo governante de Pedra das Flores, Sinésio Pena. É habilidoso, conheceu prisão e liberdade, céu e o inferno do poder, retornando em fio tão tênue que dificilmente logrará maioria no Legislativo. Convicto, entretanto, que a tal harmonia entre os poderes da República é constante tensão. E Sinésio, tão angustiado entre assessores e crises, jamais se preocupará com a errante capivara Margarida, apedrejada na lagoa. Ou acaso viver é ser como um animal apedrejado?

O registro não carece de capítulos e o tempo não hiberna na alma. Cada vez mais contemplo a solidão das espécies no homem. A palavra sabe, o que ele pouco ou nada sabe. Ou se contenta com muito no pouco.

E fico severo, então reduzo o tamanho dos passos.

E me lembrei de Larissa, a botânica, casada com o astucioso carpinteiro Horácio Tava. Desde a meninice cuidava das plantas ou flores, classificados num corredor do pátio. Ia entre girassóis, gerânios, petúnias. Formando-se na Universidade, passou a lecionar e perseguir imemoriais espécies, que seduziam o furtivo olhar dos sábios e curiosos viajores. E consta que Horácio Tava mal conseguia se mover no seu quintal diante da variedade das plantas. E sempre fugindo da que é considerada carnívora. Ante a periculosidade, nem se aproximava. Bastava o mistério no perigo.

E quando sobre isso falava para a mulher bióloga, ela ria, julgando-o infantil ou medroso. Tinha, aliás, Larissa o ludismo dos que se aviam nas descobertas ou avisos. Sem guardar alarme na inteligência, apenas no amor. E o que sabe o amor do amor, ou a inteligência dela mesma?

Escrever me salva do extravio. Quem me raciocina são as palavras.

Verena Lúcia vivia o amor de Espiridião Toves, com pele de ébano e de tigresa espécie na fúria de haver dois corpos num só, ou de mesma nascente.

E consta que a botânica Larissa havia solicitado subvenção do governo para pesquisas numa área não devassada da floresta, onde havia a lenda de fantasmas, ou de seres estranhos que se reproduziam como lobos, ou raposas, entre os vigorosos cipoais.

Depois Larissa não quis ver seu nome nas papeladas burocráticas do governo. Por prever serem os governos mais lobos que cordeiros. E só era público o sonho.

Jessé Batista realçava no caminhar, agora seguro, a elegante bengala (cajado, espada?), oferecida por Luciano Saldanha, que não era só eminente Desembargador, com previsão de Ministro do Supremo naquela República. Mestre em mitologia, mostrava-se capaz de gestos principescos, sendo apelidado por Jessé de "Príncipe da Aquitânia".

Luciano trazia uma caderneta onde ia coletando pensamentos. Conselheiro sereníssimo, observava, no que acredito, que nenhuma palavra é propriedade nossa. E o que temos é a sombra das palavras, como vulto que nos segue. Todavia, temos que tomar cautela do avizinhamento da palavra. Assemelhando-se à mula, pode dar coice. Ou em ninho, cobra. Mas o espírito na palavra, se parar, apodrece como água estagnada. O espírito vai na corrente. Vai na veloz água da luz. E como os animais, percebo que há palavras mais iguais do que outras. As arcaicas, por exemplo, podem voltar à escola e à infância.

Vivemos atônitos por não estarmos jamais acordados. Nada se perde ao vento, nem o vento.

Observava João da Cruz: "Apartai-vos, amados, / que agora vou em voo". O que entra em Deus tem paz – advertia, com mansidão, o louco de Deus, Zaqueu Peregrino. E o que tinha romaria nele de palavra, era alma na palma da avoante criação.

Deus se move sob as aparências – Zaqueu murmurava e no templo de pedra, onde os integrantes da comunidade se reuniam, surgiam sinais de origem sobrenatural, ou milagres. Ao ser pregada a palavra, segurada na fé, havia cura, libertação. O que era dito, no vivo corpo se cumpria, O corpo era alma, mesmo que se discuta a procedência do milagre. Cultivável.

E registro como são fiéis os olhos de minha cachorra Aicha e se fixam em mim, enternecidos. Tem água dentro, cisterna. Todos os olhos humanos nos do cão. Os olhos arcaicos da adivinhada humanidade, ou é visão que inventa nossos olhos. Deus dói muito. Humanos, não medimos quanto. Os olhos dos séculos dentro de nossa inconstância e aflição, os olhos dos sonhos entre as flores de milênios.

E vi que o futuro é cego, como foram os jovens de Pedra das Flores, depois curados de palavra. O futuro é Homero. Mas a rachadura do dia é que nos vê. E o mágico nos filtra para dentro. A realidade, fora. Como um aquário de peixes, o dicionário de ir vivendo. O que acaba, é porque continua adiante. Animal é a morte, sempre inconsciente da própria condição. Deus é que sabe. E se morrer – registro – vou viver tanto de não morrer, que até a morte ficará aterrada na luz. Amor não tem data, apenas a de nascer. O mais é movimento de cordas de um cristalino e verde violino.

O centro que toca Deus. E ouço também as cordas da harpa de gerações. O que vive mesmo não se extingue. Vou escrever, sim, até viver. Não há hostilidade que nos possa sufocar Deus! – Falou ao povo, em redor, no templo de pedra, Zaqueu Peregrino. Estamos úmidos de Eternidade, como as ervas e as estrelas. E acrescentei, acrescentarei nos côvados da alma. Não, ninguém irradia esquecimento.

A morte vem como a queda. Ou êxtase de amor, mal tirado da pedra. A luz não vê o tombo, a luz é o tombo.

Quantos olhos a luz guarda sob as pálpebras? Ou quantas pálpebras de céu caem numa nuvem?

Aconteceu que a bengala ou o cajado de Jessé Batista começou a florir. E como de árvore, caíam frutos.

Mas quando Verena Lúcia caía no abraço de Espiridião Toves, eram árvore e a moita repleta de sementes, E a verdade é a última palavra no vento, o último vento na palavra.

Ao me acharem, não saberão o que registro. E o que subir à tona, sobe à tona vagarosa de Deus. Mas se crermos, acontece, acontecerá de muito acontecer das estrelas.

E vi uma luta de faca no Mercado de Flores. Pulavam um e outro, no desaberto ódio, velozes. Juvêncio e Nildo, os dois garçons do restaurante, na frente.

Por Rosalva, morena, dançarina, ancas estuantes, olhos miúdos e certeiros.

Ferido, caiu Juvêncio no ombro e sangrava. Foram segurados por companheiros. Mas Juvêncio continuou caindo. Ódio que não se divulga, fere. Ou anda para trás. A faca de Nildo é que respirava sangue. Ou tinha o fio ventando. Agonia de ser homem. O tempo encurta e Deus avança.

Não, não havia sorriso em Rosalva, que assistiu sem poder intervir. O que padece é ódio enorme. Quase pavor. E vi que perigosa é a flor, não o fruto.

Quieto, leitores, ainda me perguntava o motivo de os jovens, em Pedra das Flores, serem tomados de cegueira. Segundo alguns, é pela insensatez da juventude, ao agir sem pensar, como ouro que cega.

Consoante outros, era da natureza, por não ouvirem, nem acertarem contas com o idioma paterno, em escureza, rebeldes. Ou mesmo porque a energia era tanta, que se confundia na vista. E só palavra calibrava o caos. Como se rebentasse o rifle, já sem mira. E lá não voam pássaros. Ou porque demora o amor de abaixar os olhos na venda do destino?

Mas fiquei retardado na tristeza de humano e só, reiterando também certo retardamento de infância.

Foi quando Jessé Batista e a aventurosa bengala, vinha acompanhado num arrabalde de Pedra das Flores, por Zaqueu Peregrino, o louco de Deus. Vi que conversavam afinadamente. Aproximei-me e escutei:

Zaqueu falava para Jessé:

— É verdade que floresceu tua bengala?

— Miraculosamente, até eu fiquei miraculado. E não entendi. Talvez pelo fato de haver posto palavra nela.

— Está explicado, Jessé, palavra brota de dentro.

E eles, mais eu, nos encontramos. A felicidade de um amigo e outro se demora no abraço, ou na adotiva fala. O nome não se distrai, o afeto sim. Bem haja. A luz se faz e recomeça o mundo.

Jessé Batista se integrara no templo de pedra, com o eito simples de encher de gerânios, crisântemos e rosas na mesa do lugar de pregação. Isso o alegrava, sabendo que sobre o mesmo vaso de pó do homem, se levantará e florescerá na justiça o Redentor, como previu Jó.

É dito que o pacto do universo é no oculto. Nem creio. Deus é o pacto e o ir nascido de árvores, o estar chorando amor, ou chorar perdida infância. Deus não esmorece, a junta. Todos num só, em jardas ou léguas de palavra. O que repuxa o coração, não dói. Mas Deus permanece doendo.

O puro de água de fonte é amor e não endoidece. A razão, sim. É capaz de se atar em doidice. Como cavalo ao laço.

Ademais, já disse: amo as crianças e os doidos. Sou do ramo e não calo essa longevidade em certo, cuidadoso ritual de ver.

E naquela manhã, Zaqueu Peregrino ficou sério, diferente, tardio na voz, desatrelado, como se estivesse em ermo de encruzilhada. Ou em comprido corredor ao patíbulo de alma.

E me disse:

– Deus me dói muito! Num tom em que parecia já ter o futuro saudade dele. Nunca o avistara assim. Os olhos incendiados, todos os olhos dele. Dois dias depois soube que levitara no templo, com os fiéis espantados, quase batendo no teto, e chorava.

No dia seguinte, foi achado morto em seu modesto quarto, com olhar muito aberto em Deus e depurado, límpido. Era o firmamento que se deitava nele.

Havia muito povo no enterro e foi cumprido seu desejo de ser posto num lençol e sepultado de cabeça para baixo. O que se deu, entre aplausos e flores.

"Quem sabe a vida é uma morte" – observou Platão.

Prefiro crer que não se estipula o pacto de entrar no chão. Salvo o louco de Deus, o saudoso Zaqueu Peregrino, com narina e odor de santidade.

Mesmo no cemitério, entre árvores, em Pedra das Flores, Jessé Batista, depois de prantear a partida de

Zaqueu, foi deixando saltar os dias, como círculos de pedras no lago e garboso puxava sua bengala ou ela o puxava, facilitando-lhe o andar, como se soletrasse um alfabeto de luas.

E houve o encontro em novo restaurante, Rocim, ao lado da praça. E se abraçou Jessé com Luciano, figadal companheiro. E Luciano brincou, segurando o fio da bengala, e Jessé teve a impressão de ver a espada desembainhada ante imaginada batalha. Como se igual a D. Quixote tivesse que rasgar vestiduras, espalhar arma, ou dar cabeçadas no ar ou nas sombras e penhas.

Luciano, vendo o assombro de Jessé, disse cortês, apaziguado:

– Amigo, é preciso se conter. Mesmo imaginando, não há lugar para dar cabeçadas.

E Luciano, prático e sapiente, agiu como Sancho com o aventuroso Quixote. Dava as loucuras por vistas e passadas em julgado.

Almoçaram, contentes, um bafo de picanha, saboreando na opulenta carne, as gorduras, quase assimétricas. Luciano bebia vaporoso vinho e Jessé se fabricava de tônica, ou amorosa água de nuvens.

E me advieram versos do Quixote: "Santa amizade, que com bestas alas, tua aparência deixando neste breu, entre benditas almas no alvo céu, subiste alegre às empíreas salas?"

Depois se ajuntou à mesa o empresário Bebeto Chateaubriand, poeta oculto, ativista cultural. De atilada inteligência e humor. Sim, as risadas se alongaram. E rimos juntos do animal da morte, rimos de nossa inconsciente condição ou fidalgas ambições do sonho.

E se "jaz o cavaleiro, / sem bem e mal ardente, /que, montado em rocinante, / foi um incrível guerreiro".

Eu já estive entre os mortos, e voltei inocente. Voltei desamparado, menino que bate na porta da Eternidade e quer entrar. Não há cimos. Com saudade de mim, alcanço a remota graça do deserto.

Jessé Batista bateu com a cabeça numa pedra, bateu a pedra na alma e já começou a ficar todo pedra. Finou-se.

A bengala, cajado, ou espada tornou a florir e ser árvore, frutos. Foi assim sepultada com o defunto, de cabeça para baixo. E por haver morte, não quero mudar de natureza, Já vi burros, tigres, lobos serem homens. Vou morrer com estes olhos, este corpo.

Sim, tomarei conta de minha morte e é o que ela menos deseja, tão dominadora. Então talvez de raiva me esqueça. Talvez me recuse e eu viva.

Tive um tio, era alto, muito forte, olhos claros. Conhecido como Monsenhor Alberto Pio. Levou tempo para aceitar um poeta, ou ficcionista na família de comerciantes e práticos. Preferido e admirado por Georgina, minha avó. Estava na diocese e tivera igreja em Riopampa. Consta que orava constante, marcando bolhas nos joelhos, amava o silêncio e a meditação penitente. Orava e chorava, sendo simultaneamente de tanta potência física que era capaz de erguer bancos ou empurrar um carro. Carregava a energia e o mistério de ter nas mãos, no peito e nos pés as chagas de Cristo, que escondia, perenemente nas vestes sedosas, negras e longas.

Mesmo ocultando, consta que suas chagas iam crescendo, sangrando e se ampliando nos anos. A ponto de preocupar as autoridades eclesiais, pois agora já não amoitava esses sinais.

O que era dádiva, começou a lhe doer, como se o Absoluto o tivesse esburacado de luz, e as chagas apenas cessaram na morte, guardando sobrenatural perfume. Morreu de excesso, como outros de pequenez ou miséria.

E seu sacrifício ou segredo talvez só seja exposto na Eternidade, quando ele estava muito seguro disso.

Lembrei-me então do Poeta Hölderlin: "A hora da terra é visível do céu".

Um jovem robusto, truculento, provocou certa vez, quando vivo, Jessé Batista, ao passar na avenida, com sua elegante, senhorial bengala.

E a reação foi simples, apontando para o instrumento que trazia na mão: – Não me cutuque, minha vara é mais longa que a sua. E completou: – Cuidado, mesmo na idade, não deixei de ser feroz!

O rapaz se arredou, surpreso, como rolha, desentupiu o espaço.

Reparei que há palavras que ficam prenhes de nós quando se embriagam. Elas, porém, se acostumam. Nós, não. Assombramos-nos por entrar noutra pele. Com a serenidade que nos cultiva, ou escava. Por isso, Clarice Lispector clamava: "Dai, Senhor, gênio aos que necessitam e são poucos".

Mas o centro de existir e o universo está na gravitação. Não há mecânica no Espírito, como nos corpos. O Espírito é livre, a matéria não e pesa. O espaço caiu do tempo e o tempo, da razão. E tudo o que brota tem um pé de semente. Depois tronco de céu na árvore.

Rosa Fátima, médica, logrou formar-se em Pedra das Flores; loira, olhos verdes, pequena altura, profissional cuidosa. Dedicou-se aos anciãos. Conseguia-lhes remédios. Não casou e a medicina era a sua pátria. E se afeiçoava aos doentes. Tudo o que brota tem um pé de semente. Um se reconhece em outro, outro. E a árvore é de todos.

Um visitante do templo de pedra, na comunidade, começou a gritar no meio do povo, com voz ora alucinada, ora fanhosa, quando eram cantados hinos no culto. O nome do jovem, Jesias. O Pastor Pietro não se fatigou. Recordou o que lera certa vez: o ser "não é possuído pelo que foi, mas pelo que volta". Com calma, atendeu o jovem e orou, impondo as mãos. Jesias tremia, agitando-se muito. E o Malévolo dele se retirou. Era a infelicidade e a dor antiga de Jesias que voltava, sua orfandade, mas Deus é veloz quando pousa. Encontrável no escuro, como Moisés. Vi a alma liberta de Jesias me olhando, como se de uma sacada.

E a alma é de tal beleza, que não se esquece. Sobretudo pela especial atenção de não morrer. E me acordei de mim, era preciso perdoar. Sua arma apontada não disparou. Tinha cicatriz difícil de solver. Coloquei palavra na cicatriz e sarei. Com alegria de amar o mundo e me amar. Saqueamos até o inferno em torno, com a palavra viva e alada. Saqueamos à crueldade com seu úmido fogo de animal ferido.

O que atinge a monotonia se jubila com a grandeza do que é indispensável repetir. Voa-se na graça do exílio. E o grau do amor que sobe é o da pedra que cai. Estamos no Absoluto, e o Absoluto não se encosta no sono.

Não, não me descuido. Vi um homem ter enfarte na rua, solitário. Avizinhei-me de seu último e íntimo respiro. E vários cavalos começavam a sair dele. Passando a ter inocente rosto de criança.

E naquela mesma noite, ao deitar, sonhei que, de tanto morrer, é que vivia. Não sei para onde foram os cavalos. Talvez algum seja dono de partido, ou posto em cartório ou se candidate a algum posto da República. Muito afeita ao cavalgar silente ou solene do poder.

O mágico é o sobrenatural que não sabe. E o que sabe, devagar, tolera o juízo. Amar muito, amar o que fecunda as idades todas em Deus. E o sótão das sucessivas gerações.

O mágico é o sobrenatural que não sabe. E terminei o acontecido e veio outro e outro. "A verdadeira terra está ausente" – desabafou Arhur Rimbaud. "Não estamos no mundo". Não, Pedro Nau não se repartia no amor com sua mulher, como o fazia com as plantações e a colheita. Encurtava a respiração com o bater das árvores, como se aos remos na cadência. O pulsar do coração da espécie.

Choca bem o sol quem sai do ninho. E assim fruía, quase em segredo, ou apalpando, como a um seio, o ar.

E eu, que relato, diante do que acontece, recordo o Édipo Rei em face da Esfinge. Não podia entrar em Tebas sem decifrar o animal. E a pergunta: anda de quatro patas de manhã, duas patas à tarde e três, na noite. Édipo respondeu: – O homem! E consta que a Esfinge se lançou no precipício.

O que acontece, sim, é o homem que engatinha, criança; amadurece caminhando e anoitece, vagando com a perna da bengala.

E na conversa, Jessé Batista mostrou-me cintilante bengala, ou espada, presenteada por Luciano Saldanha. Cintilava. Como se o cabo fosse Andrômeda e o fio, a Ursa – Maior. Tinha vida própria, ou alma jamais enferrujável. Não trocava de ser, compassiva e companheira. Era como D. Quixote, chama e glória, ou alumiosa palavra. Ou no dizer de Sócrates, "sua casa é loucura divina".

Mas dava escuro entre governo e legislativo, dava escuro na rota e leme da República, por grave rachadura no casco. E poder, com exceções, se tem alma a vende.

Entre o vazar de juros na economia, a trepidação da usura nos bancos, tendo cada vez menos ajudantes e caixas, com o dinheiro entregue aos pingos. Mas não é digital a vida, as plataformas e suas flores carnívoras. Ou, quem sabe, tornarão digital a morte ou a ressurreição? E sobre o cultural açúcar, a invasão das formigas, baratas. Debaixo do matambre da noite.

O acaso, Longinus, se inventa. Mas não a agulha, onde penetram os fios. E é mais fácil o desespero passar pela agulha do que a soberba do poder.

O que o tear desvenda sobre os sonhos é o resvalar e corroer da natureza que entra na agulha, irreparável.

E se Édipo decifra a Esfinge, não decifra o homem.

Caroll Leaves desenvolveu num tratado, *O Direito dos Animais*. E aliás, não se pede aos homens menos direitos do que aos animais. E sozinha Caroll fundou o Instituto dos Direitos dos Animais, em Pedra das Flores. Juntou solidariamente, num prédio do arrabalde, o prestigioso Instituto com cães, gatos, onças, lobos e leopardos. E à parte um sobrevivente leão. Com alguns homens que escolheram, por mudança de alma, ser da estirpe animal ou que sofreram metamorfose, ficando perpetuamente animais. Todos conviventes, fraternalmente no glorioso Instituto. E tinha a subvenção minuciosa do governo, também preocupado com alguns animais políticos ali reunidos.

George Orwell, a respeito do assunto dos direitos dos animais, suscita haver animais mais iguais do que outros. E curiosamente se igualam por menos. Talvez por delicadeza de focinho, ou no arrancar das unhas. Todavia, Sarah Gilbert, cientista, quanto ao convívio com humanos, o contato de animais silvestres, cita o risco de um vírus pular de uma espécie à outra.

E como a República dos animais, por vezes funciona mais do que a dos inocentes humanos, bem-aventurados, portanto, os escolhidos.

Mas línguas envenenadas e não sei se apenas críticas ou verdadeiras suscitaram ter a emérita Caroll, fundadora do dito Instituto, publicado o livro sobre *O Direito dos Animais*, com o primeiro artigo fundamental: "Todos os direitos são iguais de bichos selvagens ou domésticos diante da lei". E mais curiosamente comprou centena de livros da editora, em nome do Instituto, sendo doados generosamente entre desembargadores, juízes, promotores, advogados, escritores ou escribas, e não pagou. Bastava o favor público de haver criado um Instituto precioso à comunidade ou à memória.

Constando também ser um animal, a memória, ou espessa depositária de nossa vagante penúria. Ou vejo a memória como lenta tartaruga escorregando de água sobre o limoso passado.

E eis que interrompo o relato com a presença dos ciganos em Pedra das Flores; vão e vêm, com tendas na praça principal.

E tive uma surpresa. Matusalém soubera da morte de Bilbao Rudin, de mal súbito. E me alegrei vendo. Quanto a informação recebida por Noe era de fonte incerta, errônea, desavisada. Ou quanto, em regra, o gume da notícia é cega.

Sim, apareceu Bilbao Rudin diante de mim, sorridente, mais velho, prudente. Já não levantava as mãos grandes e espalmadas. Nem se apresentava tão preenchido como na época em que conheceu Noe Matusalém. Mas era ainda ativo. E se recordava dele e do cão Crisóstomo. Rudin lembrou a fala e presença do quixotesco e poderoso vivente, que, por sinal, continuava na banda livre de Deus.

E me disse:

– Pedra das Flores persiste ainda mais ativa, com seus habitantes prósperos, os pobres ou seus fantasmas.

E reparei, num vulto de sombra, outro personagem, Heraldo Trinta, constante e insistente visitador da Academia Literária e era como parte dos móveis. Versejador, almejava a benigna imortalidade, confiando de que algum ocupante deixasse vaga e lhe sobrasse o espaço ou pavio de ardente procela, Ia esperançoso, ainda que o percurso da imortalidade tivesse demasiadas sendas ou veredas, ou fosse, como referiu certo poeta, comprida.

Divisei, após, o cigano Rudin, acompanhado de um leão com cara de homem, com idioma intraduzível, cauda oscilante e patas. Ou afinada estrela na testa.

O outro era um tigre com asas de albatroz, olhos sulfurosos. Eram regidos, perto, por um domador.

Foi quando conheci, além dos dois, o mais aterrador. Chamado *Homo abyssalis*, que tinha poder hipnótico. Não parecia homem; tinha algo de sobrenatural, ou era a encarnação do precipício. E avançou na minha direção:

– Estou de passagem pelo circo, mas não sou do circo!

– Donde é ? – Indaguei, curioso.

– Vim de uma Potestade, com licença provisória.

– Licença de quê?

– De existir com os pesadelos, sendo sobrevivente.

– Não entendi. Os pesadelos é que se expõem nos sonhos?

– Mas no caso, os pesadelos começarão, como eu, a ter rosto e membros.

– Desde quando? – Inquiri, assustado, evitando o seu olhar.

– Desde o tocar da Terceira Trombeta do Apocalipse, os pesadelos não querem ficar no sono. E eu, menos. Tomei corpo.

– E o futuro?

– Está com evidentes sinais. Sou um dos sinais!

E se arredou. Dava-me a impressão de carregar a tempestade, ou a sombra vacilante dela.

O passado de Pedra das Flores desacordara. E a memória agora era um cavalo que subia a encosta.

E contemplei também, naquele ser bestial e hipnótico, a Morte. Ela não precisava de razão para surgir. Não, não há loucura sem obstinada, coada sensatez. Nem há beatitude no mistério. Mas se a loucura é árvore, vai ao cimo dos ramos, vai até os dentes da tarde. O que nos segura, morre.

E soube de Verena Lúcia, a formosa pensadora. Anoiteceu de câncer no intestino e não durou. O mel escuro da morte gotejava. Já não tinha palavra, e foi.

Teve no sepultamento copioso de povo o mesmo e estranho eito de Zaqueu Peregrino: ser enterrada com lençol na terra tenra, de cabeça para baixo. Voltando à semente inteira, ao aguardo de chuva para a regar em flor.

E nem é possível que isso virasse hábito em Pedra das Flores. Isso ouvi de um coveiro murmurando a outro. – E nos dá mais trabalho e perícia – desabafou. Ou é o povo que ficou sem juízo!

– É que a morte não tem juízo algum. – Respondeu o outro coveiro, pensativo.

– E o povo então vai imitando a morte. – Disparou.

– Mas quanto tempo dura alguém ao comprido ou de cabeça para baixo?

– Pode ter apodrecido antes pelo vento. De cabeça para baixo dura menos.

– O corpo de água no corpo é que rói, até os ossos.

– Todos os talentos, mesmo o gênio, é parte do comício.

– Comício?

– Dos insetos ou assembleia geral de ratos, baratas, formigas.

– É o buraco que engole.

– E o apressado despetalar do pó.

E a pergunta ao coveiro, quieto, no canto, observando:

– Tens medo dos mortos?

E a resposta foi pronta:

– Tenho medo dos vivos.

– Tiraste férias alguma vez?

– Não, a morte não tira férias. Registro não ser a tumba nenhum monumento. E a imortalidade é um remendo. Ou jumento de ossos.

E o que nos tiras, Deus, o que nos arrancas, com mão forte, não repões?

O saudoso Zaqueu Peregrino não questionava. Mas eu, Pedro Nau, indago, indagarei.

Como posso sem Ti viver e como navegarei sem casco e sem velame?

Zaqueu Peregrino relumiava, alcançou talvez a santidade, mas sou da terra, das sementes, e não possuo tanta loucura. Mas tenho outras, a de crescer com as árvores, rugir com o vento, anoitar-me com as estações. O amor não sabe de saber, até já sabe demais. Ou não sabe mais nada, como o sol não sabe da flor dentro do fruto. Ou o casulo das esferas.

Lá fora, começou a sair a primavera, inundou Pedra das Flores. E até as pedras principiaram a florir. E são heras e anos que sobem até o beijo, sobem onde os cavalos não podem beber, sobe, sobem pela alba.

E a dor só compra lodo – pensei. A casa é o peito da fala: alma. E não tem mais sítio onde parar. Ou ascender.

E me lembrei do poeta Hölderlin: "A hora da terra é visível do céu". Não somos nós que vemos a serenidade, é ela que nos vê. Por amadurecer, andando. E a hora do céu também é visível da terra.

Vi filas nos sítios e lojas de câmbio, como bois soltos na manada. Correm pela rachadura do dia.

Algo sucede com léguas de arroio para dentro. Sim, a hora da terra é visível do céu. E a desumanização rumina.

Todavia, apalpo a mão da primavera. A palavra, entre flores, percebe. A rachadura do dia, onde gira a roda, gira. Matam o dia, a semente da fé. Matam.

Se ao músico e compositor Eliseu Dantas cada noite lhe vinha o esforço de dormir, resolveu pedir para Ovídia, sua mulher, que se extraviava, perdidamente, no sono, que o emprestasse um pouco dele, e ela respondeu:

– Não posso, o sono não tem metade, é intacto.

E ela tornava a dormir. Como se entrasse na romaria dos sonhos.

Enquanto dura a roda do povo e dos ancestrais, a história não termina. Quem toca na margem, não conhece o fundo do rio.

Eu que narro, soube de um encontro na floresta de Pedra das Flores, entre um tigre e o lobo. É sabido que ambos se odeiam, e em regra o tigre devora o lobo.

Mas algo imprevisível ocorreu na senda obscura da selva. Em vez de o tigre e o lobo se atacarem, havia dentro deles um homem. E se apresentaram. O tigre escondia um oficial da guarda, Zenóbio Sorbes, e o lobo, um marinheiro, Vitório Penido. Quando saíram os homens do corpo dos animais, se abraçaram. E era a espécie humana que superava a ira ou ferocidade do animal. E os homens caminharam juntos pela trilha da mata, andando até o rio. O que ficou da natureza dos animais, como casulo, os aguardava. Depois, Zenóbio entrou no tigre e Vitório no lobo. E seguiram ditosos, fraternos.

Jessé Batista, quando faleceu, já queria adormecer de Deus e sentiu o instante de mudar de cavalo no percurso da escuridão. Na pedra.

Principiou a morrer, devagar. Um pouco na tarde, outro tanto na noite. Pois quem toca na margem, não sabe do fundo do rio.

Bateu com a cabeça numa pedra, bateu a pedra na alma e já começou a ficar todo pedra. Finado, enterrado na fundura do chão, com a bengala, cajado, ou espada, ela florescia diante de todos, enquanto viam. Mesmo com terra em cima, não acabavam mais de florir, crescendo em árvore, frutos. E aves vinham pousar. Até uma águia, vinda do alto, ali deixava um ninho.

A lágrima é folha grande. Queima por onde passa. Longe verdejam estrelas, perto a loucura espreita. O que mais queima, amor. E o pranto, musgo na água.

A imortalidade tem fome. Deve continuar mastigando a eternidade, mastigando as côdeas e os ossos do vento, ou de um perene, triunfante rio.

Mastigar é o ofício. Desenferruja o caos, desinfla a matéria do abismo.

Foi quando avistei o farmacêutico Marcos Teodoro. Soube que conseguia dormir. Vendia remédios, com receitas, bulas e apenas se apagava com sonoríferos: deslizavam nele como barco, doente de sonho, tal se a condição humana o atormentasse junto ao cerne da noite.

Ou talvez fosse tão insone de Eternidade, tendo o pressentimento de ir a pé ao paraíso. E tanta claridade na vereda se afunda, como se desse coices alguma mula desnorteada de alegria.

Não posso jamais adormecer de Deus. Nem é instante de mudar de cavalo no percurso da escuridão.

E memoriei feliz o momento em que Jessé Batista, de espada em punho, terá na Eternidade, a montaria do Rocinante. Mas narro sem juras e sem a autoridade de Cervantes, guardando ardente desejo de que o livro que relato seja no prumo formoso, sem que atinja a natureza de uma coisa ir gerando outra igual. Mas D. Quixote ontem sofria de varrido juízo, hoje é sensato, bem-aventurado.

E se Alonso Quejano já dormiu de morrer, foi Cervantes achado vivo. E mais vale passarinho voando que dois presos no sonho.

Tenho que me achar estranho, para me achar de espanto. Sou palavra de muitos que se cruzam e se amam.

A jaula não é a escrita, mas a língua de chegara dos que não se veem, aos que estão adiante. Ou nos alcançaram.

E há uma busca de repouso na diluviana claridade. O amor guarda sempre um pacto dentro. A ordem do universo nos transporta e não cede ao que passa. A ordem do universo tem translação, metamorfose. Da esfera humana ou animal. Se alguém muda de alma, o corpo muda de essência ou estação. Ao não voltar de alma, acaba na condição em que escolher. O pacto do universo, ou da fé é na vontade. Somos o que cremos. E o pacto apenas se revela no amor. Não há "armazém de escombros", mas armazém do invisível que se deposita como a areia na margem do rio. E todos os rios têm a mesma margem. Quando a realidade se imagina ou inventa. E é mais realidade ao parecer ser menos.

Percebo, aos poucos, ser a Esfinge como o labirinto, o caos antes da criação. E o que Édipo decifra é o mundo, a escrita ou larva dos signos. Tudo, sim, acontece por dentro, querendo ser símbolo, depois explode fora, no vagar, como a mão na semente.

Percebi. A morte, se é aquecida, vive. Se esfria, tem mais morte ainda. Como José Ladino, cigano e erudito, entre tachos e volumes, chorava pedra no esquecimento, que a memória no ribeiro de Proust deslizava.

Só é palavra o Universo. O que vi acontecer, já persiste acontecendo no futuro. Deus dói e vai voando muito perto. Junto. E o que se encanta não sabe quanto foi encantado, nem o que voa repara quanto voou.

Colofão

Este livro – *Acontecerá de Muito Acontecer* – nasceu em 8 de março de 2023. E foi sendo escrito, findando nos últimos dias do referido mês e ano. Percebi que eu não posso fazer nada pelos sonhos, se eles não fizerem por mim. Ou se não os inventar de futuro comigo. Mas não interpreto, sou interpretado. Tem razão Giorgio Agambem: "Quem apreende a máxima realidade, plasmará a máxima realidade". Dou fé, Rio de Janeiro, "Morada do Vento", Marquês de Abrantes, Flamengo, Rio de Janeiro. Carlos Nejar, servo da Palavra.